SHARK　　Story 운雲 ✕ 김우섭 Art

8

뚜둑!

뚜둑!

좋군…

하아…

좋아.

스윽—

그럼 어디 한번…

꾸득ㅇㅇ!

가볼까!!

꾸득ㅇㅇ!

?!

확실해.
싸움 후반부를 위해 힘을
아껴둔 차원이 아니야.

쉬익!

무슨 일이 벌어졌는지는
모르겠지만 녀석은 처음보다
확실히 강해졌다!

오싹...

또 피했어?

그럼 좀 더 속도를
높여볼까?

녀석의 스피드가
내 반응속도를
넘어서고 있다!

커헉!

이 녀석,
약이라도 빨았나?

운명이란 게
참 짓궂어.

애당초 주짓수는 재미없었다.

못해서가 아니었다.

오히려 그 반대였다.

도장에도,

경기장에도
내 상대는 없었다.

난 쓸데없이 너무 강했다.

난 어떠한 목표 의식도
가질 수가 없었다.

그래서 미련 없이
주짓수계를 떠나 거리로 나왔다.

오직 내 몸뚱아리
하나만을 가지고 싸우고
또 싸웠다.

심지어 권총을
든 상대와도 싸웠다.

혼자서 여럿을
상대한 적도 있고,

하지만
항상 최후의 승자는 나였고
약 20년간 난 이 거리의
왕으로 군림해왔다.

가끔은 칼이나 몽둥이,

그 와중에
항상 신에게 기도했다.

제발.

제발 딱 한 번만이라도
좋으니 나와 동등한 재능을
가진 상대를 보내달라고.

오늘 드디어
그 기도가 이루어졌다.

하지만 이제는 내가…

너무 나이가 들어버렸어.

씨익…

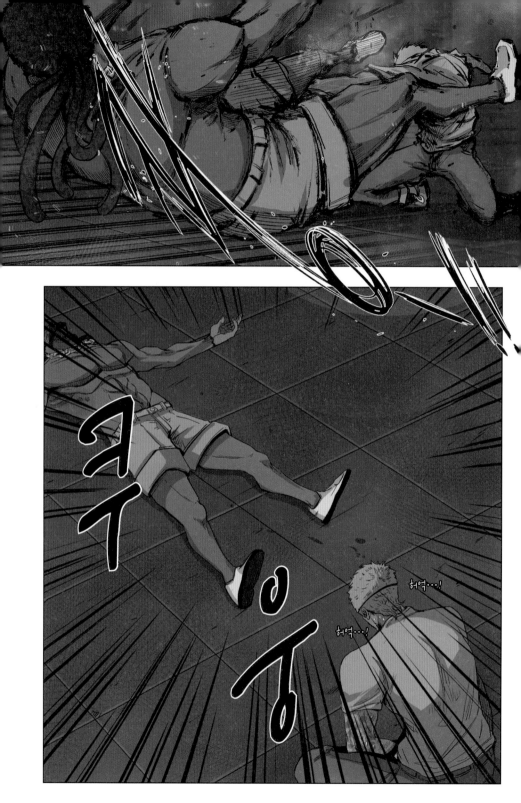

미스터 밀러가…

웅성

웅성

마, 말도 안 돼!!

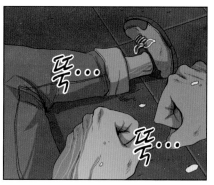

뚝…

뚝…

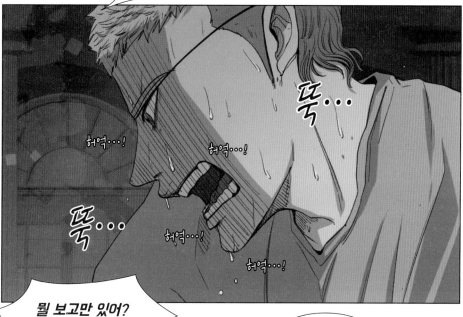

뚝…

허억…!

허억…!

뚝…

허억…!

허억…!

뭘 보고만 있어?
저 새끼도 뻗었잖아!

우르르—

죽여버려!!

빌어먹을,

허억…!

허억…!

저 녀석들까지
상대하기엔…

21

조금만 더 일찍
나타나주지 그랬어.

그랬다면 훨씬 더
재밌었을 텐데 말이야.

피식

날 꺾었으니
이젠 네가 이곳의 왕이다.
뭘 원하지?

헉억...!

헉억...!

꺾었다고?
글쎄. 현재 스코어
2대 1 아닌가?

최후의 승자가
진짜 승자인 법이야.

뭔가 억지로 떠먹여주는
승리 같아 썩 마음에 안 들지만 그래도
왕으로서 부탁 하나만 하지.

여기에 머무는 동안
그라운드 기술을 가르쳐다오.

헉억...!

헉억...!

뭐?

바로 그걸 원하거든.

3개월 후

쨔 — 앵!

앰앰앰 —

앰앰앰 —

한 달에 한 번씩 식료품을 사러
내려오는 게 이렇게 즐겁고
설레는 일이 될 줄은 꿈에도
몰랐다니까요.

저벅...

저벅...

피식...

형 저기서 시원한
음료수라도 하나씩
사 들고 갈까요?

흐음...

조금만 참았다가
마트에서 한꺼번에 사.

하긴 남은 훈련 기간은
3개월이나 되는데...

모아놓은 돈은 빠듯하니까
그게 낫겠네요.

쩝!...

이건 신분증
보여주셔야 하는데요.

신분증은 무슨.

우리 여기 단골이거든?
잔말 말고 얼른 계산이나 해.

그래도
신분증 보여주셔야
해요.

아 진짜, 야!!
진짜 스무 살 넘었다니까?

헐! 시바
우리산 별찐!

Boo~

하, 진짜 애 웃긴다.

오케이. 인정.
우리 미짜들 맞아.

근데 우리도
나름대로 조사를 했거든.

이 근처 편의점 중에서
여기만 CCTV 없잖아.

걍 파센녀.
얘 진짜 따친년 임
ㅋㅋㅋㅋ

...

그러니까
단도직입적으로 말할게.

뒤지게 처맞고 뺏길래?
아니면 그냥 곱게 팔래?

머리 예쁘지만...

그래도 시바
짤린건 저망저망

...그 옆은 지나치게
크네...

CCTV가 왜 없는지는
조사 안 해봤나 봐?

응?

그거
내가 치웠거든.

!!!!

꺅!!

경리야!!

설명됐어?

뚜둑···

미친년이!!

야, 가만있어.

보아하니
어디서 좀 놀다가 인생
좆 돼서 편순이 노릇이나
하고 있는 년인가 봐?

그런데 이걸 어쩌냐?
하나도 안 아픈데?

넌 뒤졌어.

너 좀 모자란 거 아냐?

…?

뭐 하세요?

원준이 형하고
성용이 형한테 연락 좀 했어.

산으로 돌아가기 전에
식사나 한 끼 할까 해서.
긴 훈련일수록 가끔 적절한 휴식을
취해주는 것도 중요한 법이야.

그 형들
오랜만에 보겠네요.

사삭···

사삭···

사삭···

사삭···

바—락···

쓰윽

쓰윽

착한
학생들이네요.

요즘에도
저런 친구들이...

딸랑~

!!

이제 가봐.

넷!
언니 감사합니다!!

좀 전에 감쳐서
정말 죄송했다 !

앞으로
이 근처는 얼씬도
하지 않겠습니다!!

오늘 정말 부끄러운
하루 였습니다 !

또 와도 되는데.

아뇨!
오지 않겠습니다!

절대 네버!

와우, 우리 막둥이
몸 좋아진 것 좀 보소.

하아···

상협이 형이 하루 종일
진짜 숨도 못 쉬게
단련시키고 있거든요.

진짜 얼마 만에 쉬는 건지
기억도 안 난다니까요.

그렇게 귀한 휴식 시간에 고작 깜빵 형들이나 만나러 온 거야?

에라이 한심한 놈들.

뾰식-

전봇대는 그렇다 치고 막둥이는 여자친구도 있잖아?

진짜 이만더진000

여자친구 아니라니까요.

따릉이 박살 내고 달려갈 만했어.

x

그렇게 귀한
휴식 시간에 고작 깜빵
형들이나 만나러 온 거야?

에라이
한심한 놈들.

뾰식-

전봇대는 그렇다 치고
막둥이는 여자친구도 있잖아?

진짜 이만더진ᄋᄋᄋ

여자친구
아니라니까요.

따릉이 박살 내고
달려갈 만했어.

그런데 정말로 그 여자애한테 안 가봐도 되겠어?

!

괜찮아요. 지금은 보고 싶지 않아요.

아니… 볼 수 없어요.

거기서 먼저 연락 온 것도 없고?

이 녀석, 전화번호도 차단하고 훈련에만 매진하고 있는 중이에요.

그래도 정말로 안전하게 잘 지내고 있는지 확인 정도는 해볼 수도 있는 거잖아.

걱정 안 돼?

현우용과 정식으로 약속까지 했는걸요.

야, 넌 조폭하고 한 약속을 곧이곧대로 다 믿어?

약속을 어길 사람 같지는 않아 보였어요.

지겨워.

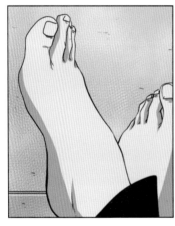

겨우 3개월밖에
안 지났고,

꾹…

아직도 3개월씩이나
남았잖아?

부산 쪽 보스들은
저나 형님이 내려가서 그자를
상대해주길 원하고 있었습니다.

?!

놀고들 있네.
그냥 쌩까.

그자의 솜씨가
궁금하지 않으십니까?

아직은 별로.

그놈이 진짜 물건이라면
언제가 됐든 지 힘으로
내 앞에 서겠지.

그보다 그 부둣가 꼰대들
별로 맘에 들지도 않았었는데
잘됐지 뭐.

이참에
고생 좀 하라고 해.

어디서
오잔가 가귄야?

46

부산

이쯤 되니까 내 자신이 두려워질 지경이다.

난, 도대체 얼마나 강해져버린 걸까?

그리고…

어디까지 올라갈 수 있을까?

척!

후우 –

뚜벅···

뚜벅···

역시, 네가
최고라니까!

찌릿!

···부산에서?

둥!

헷.

진심!

이제 이 부산
바닥에서는 영석이가
최고일걸?

누구 맘대로
자수 따월 해?

이제부터
너희는 내 부하다.

커헉!!

그러니까 앞으로는
내 비위나 맞추고 사소한
뒤치다꺼리나 하면서
사는 거야.

내가 예전에
그렇듯이.

…뭐?

하아…

하아…

물론 이건 제안이
아니라 명령이야.

거절하면 죽는 것보다
더한 고통을 줄 거니까.

하루도 빠짐없이
매일매일.

너희는 어차피 2년 전
살인미수 진범이 밝혀질까 봐
경찰에 신고도 못 할 거 아냐.

…

하지만 아직 제대로 된
상대를 만나지 못한 것은
엄연한 사실이지.

…자유인 중에서는
말이야.

형들 그럼 나중에
또 봐요.

그래,
자식들아.

연락 좀
자주 하고.

뚜벅...

뚜벅...

끄지극···

끄지극···

또 산으로
들어가는 건가.

…

어휴,
독한 놈들.

난 아무래도
예감이 좋지 않아.

또 뭐가?

그때 그놈들.
체포됐다는 소식도 없고
그냥 좀 얻어맞고
사라졌을 뿐이잖아.

그런데 우솔이 녀석이
저렇게 길게 자리를
비워도 되나 싶어서.

그래서 현우용하고
쇼부 쳤다잖아.

우리와 직접적으로
부딪혔던 건 박시현이야.

현우용이 아니고.

그딴 놈이 감히 현우용의
결정에 반하는 행동을
할 수나 있겠어?

그리고 설사 그렇게
행동한다고 해도
지가 뭘 어쩔 건데?

그때도 인질 때문에
애 좀 먹은 거지,
처음부터 제대로 붙었으면
너나 나한테도 상대가
안 되는 걸.

거기다가 현우용
후광까지 벗겨지면
더 이상 말할 것도 없지.

그렇긴 한데…

난 아무래도
기분이 좀 그래.

쓸데없는
걱정이야.

나도 그러면
좋겠지만…

칙ㅇㅇㅇ!

말씀하신 정보,
다 알아냈습니다.

그래, 수고했어.

조만간 재활 치료까지
마무리되면 예정대로
실행한다.

그런데 형님,
진짜로 그렇게 해도
되는 겁니까?

우용이파의
결정에 대놓고 반기를 드는 거나
마찬가지인데.

전에도 설명했잖아.
이번 일은 그 어린놈들만
겨냥한 복수가 아니라고.

우용이파 새끼들까지
한꺼번에 엮어서 제대로
엿을 먹여줄 거야.

하지만 뒷감당은…

네가 뒷감당을
왜 걱정 해.

어차피 현우용이고
대포고 할 것 없이
다 같이 손잡고 지옥으로
떨어질 텐데.

……

뭐하면 언제든지 빠져.
강요 안 해.

아닙니다.
형님 뜻을 따르겠습니다.

으득…!

다들 내가 입 닥치고
암전히 찌그러져
있다고 생각하겠지.

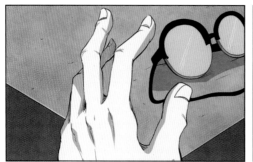

…다들
기다려.

주인에게 버림받은
미친개가 얼마나 위험한지
곧 알게 해줄 테니까.

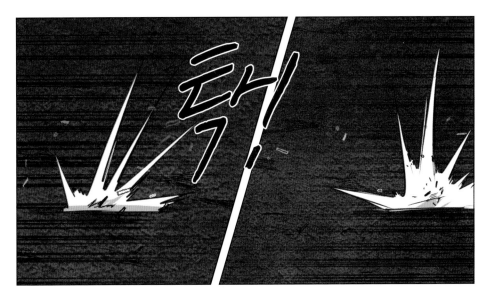

크윽!

!!

빠악!!

욱신!

욱신!

으아앗!!

부

욱

스피드는 잽, 리치는 프론트킥,
파워는 훅이라니…

아무리 겪어봐도
도무지 적응이 안 된다니까.

!!

좋아, 이 형이라면
분명히 버텨내겠지만,

일단 한숨 돌려…

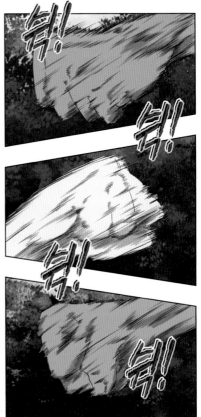

언제 이렇게
빨라졌지?

후우...

헉ㅇㅇㅇ

스윽…

이제부터 저도
제대로 들어갑니다.

더 이상 맞으면
안 될 거 같아서요.

퍽.

부

웅

저 거리에서
곧바로?

큭!

쳇, 일단 힘으로
찍어 누르고 시간을 벌어야겠어.

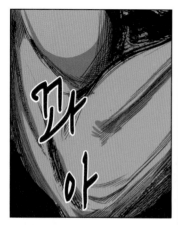

이걸…

버터?!

하아…

하아…

하아…

하아…

꾸득!

으아아!!

꾸득!

크흡…!

후우, 이번엔 여기까지만 하자.

하아…

하아…

조금만 더 진지해졌다간 둘 다 크게 다치겠어.

예.

하아…

하아…

동감이에요.

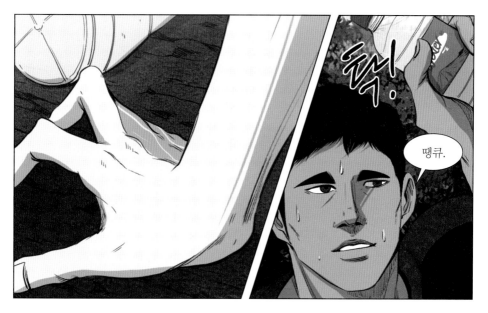

획!

땡큐.

벌컥!

벌컥!

슬슬 들어가서
식사 준비를 해볼까.

조금만 더요.

실은 형에게
알려줄 펀치가
하나 있거든요.

음?
펀치 기술이라면
지금까지도 충분히…

지금까지
알려드린 게 필수적이고
기본적인 타격 기술이라면
이번 건 좀 달라요.

기회를 잡았을 때
단숨에 시합을 끝내거나
펀치에 몰렸을 때 순식간에 상황을
뒤집을 수 있는 기술, 이를테면
필살기라고 할 수 있거든요.

거기다가
형에게 딱 어울리는
기술이기도 하고.

그런 기술을
왜 내게 알려주려는 거지?

지금은 서로에게
도움을 주고 있지만 루키
토너먼트가 시작되면…

서로 최선을
다해 싸워야 하겠죠.

하지만 그때는 그때고
지금은 지금이잖아요.

어리석긴…

음? 평범한 스트레이트 같은데.

처음엔 저도 그렇게 생각했어요.

이건 코크 스크류 스트레이트 라는 기술이에요.

주먹의 회전력을 이용해 상대의 피부를 찢는 기술이죠.

회전을 이용해 …피부를 찢는다?

쉬익!!

예, 마치 드릴처럼 파고들어서 촥촥! 저도 도현이 형에게 배운 기술이에요.

눈요○○○

그럼 그게 무려 정도현의 필살기란 말이야?

아뇨. 그 형은 필살기 같은 거 따로 없어요.

음?

엥?
난 그런거 없어.

그냥 주먹 딱 쥐고 붕붕 휘두르기만 하면.

누구든 추풍낙엽이라…

하○○○

…하긴.

1055

하지만 무척 유용한 기술인 건 사실이에요.

저만 해도 배석찬을 상대했을 때 이걸로 불리한 상황을 뒤집을 수 있었고요.

흥미로운 기술이긴 한데,

이게 왜 나에게 딱 어울리는 기술이라는 건지는 잘 모르겠는데?

코크 스크류 스트레이트의 단점은 스피드와 파괴력이에요.

인간의 어깨가 모터가 아닌 이상 펀치에 회전이 동반되면 느려지고 약해질 수밖에 없으니까요.

91

하지만
형은 달라요.

압도적인 리치로
스피드의 손실을 보강하고,

…

형의 주먹은 회전으로 인해
다소간의 위력을 상실하는 것을
감안해도 여전히 일격에
상대를 쓰러뜨릴 수 있는 힘이
남아 있으니까요.

형이 이 기술을 완벽하게
습득하면 아예 상대의 가드까지
뚫고 들어가서 안면을 날려버릴 수
있을 거예요.

그야말로 코크 스크류*를
능가하는…

천공기**가
탄생하는 거죠.

상대의 가드를
부수고 들어가는…

천공기?!

* 와인 따개 ** 땅이나 암석을 파거나 뚫을 때 사용하는 중장비

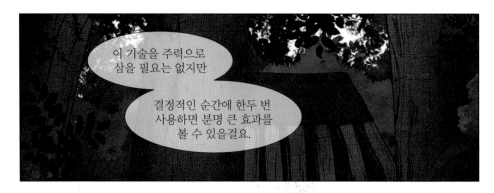

이 기술을 주력으로
삼을 필요는 없지만

결정적인 순간에 한두 번
사용하면 분명 큰 효과를
볼 수 있을걸요.

대충 이렇게
하는 건가?

슉

휘릭!

아뇨 아뇨.
굳이 과장되게 손목까지
돌릴 필요가 전혀 없어요.

다시 한 번
보여드릴게요.

그럼 이제
내 차례인가?

…

너와 대련을 할 때마다
느낀 건데 넌 어떤 상황에
놓이든 거기에 맞게 대처할 수
있는 기술을 한 가지
이상 가지고 있는데,

유일하게 스탠딩 클린치
상황에서만큼은 무턱대고
힘으로 밀어붙이면서 기본적인
메치기 정도를 노릴 뿐 상황에 딱 맞는
전문적인 기술은 없는 것 같더라고.

그러고 보니…

맞아요.
예전에 성용이 형하고 싸울 때도
클린치 상황에서 제대로 끝을 내지
못해서 한참을 더 고생했고

배석찬과 싸울 때는
비슷한 상황에서 완전히 밀리는 바람에
패배 직전까지 몰린 적도 있어요.

그런 상황에서 상대에게
제대로 한 방 먹여줄 수 있는 게
바로 유도와 레슬링이다.

그중에서도
지금 네 상황에 더 맞는 건
레슬링이지.

레슬링이요?

무술에 서열을 매기는 건
어리석은 짓이지만 너나 나나
호신이나 노상 격투보다는
종합격투기 데뷔를 목표로
수련을 하고 있는 거니까

유도보다는 레슬링이 더
효과적이라고 할 수 있지.

하긴, 유도에서는 옷깃이나
소매를 적극적으로 활용하는데
종합격투기는 보통 상의를
벗고 하니까요.

물론 나도 레슬링
전문가라고 볼 순 없지만
레슬링의 가장 강력한 기술 중
한 가지를 독학으로 습득했어.

어떤?

안아띄우기,

쑤

퉁!

일명 수플렉스라고
부르는 기술이지.

수플렉스요?

물론 수플렉스를
가장 흔하게 접할 수 있는
종목이 프로레슬링인 건
사실이야.

그건 프로레슬링에서나
사용하는 기술 아닌가요?
눈으로 보기엔 무척 멋있을지
몰라도 실전성이 있다고는…

하지만
이 기술의 기원을 따지려면
올림픽 레슬링, 나아가 고대 그리스
로마의 무규칙 격투기까지
거슬러 올라가야 해.

한마디로
박치기, 낭심차기, 물어뜯기 등
극도로 위험한 기술까지 허용하는
거친 시합에 출전하는 선수들이
선택한 기술이라는 거야.

…

흐음…

슥

?!

설명도 좋지만
일단 먼저 몸으로
체험해보는 게 어때?

거벅…

거벅…

?

뒤실…

이렇게 잡아서,

이런 식으로 휙 던지면!

제대로 걸리면
그대로 시합 끝인 건
확실히 알겠네요.

다시 한 번
천천히 알려주실래요?

욱신⋯⋯!

욱신⋯⋯!

그래.

어디 보자.

부스럭⋯⋯

!

일단은
이 정도가 좋겠다.

쿵...

이걸 방금 전에
내가 했던 것처럼
붙잡아봐.

웃차!

꽤 묵직한데요?

자, 그렇게 서로 가슴이
맞닿고 한쪽 겨드랑이를
탄 상태에서

예.

손가락을
갈고리처럼 그립을 잡고…

여기서 중요한 것은
소위 말하는 손가락을 교차해서
'깍지'를 끼지 않는 거야.

자칫 잘못하면
추락의 충격으로 손가락이
모두 부러져버릴 수도 있거든.

아하…

이 상태에서
한쪽 발을 앞으로
내면서 하나.

하나.

뒷발이
따라와주면서 둘.

둘.

배에 힘을 준 상태로
뒤로 감아 던지면서 셋!

셋!

뭔가 잘못된 것
같은데요?

욱신!

욱신!

이렇게 하면
상대에게도 충격을 주겠지만
저도 너무 아픈데…

허리가 문제였어.

그렇게 냅다 뒤로
눕는 게 아니라 허리를
튕겨낸다는 느낌으로 돌려야
시전자가 한결 안전하게
떨어질 수 있어.

이것도
'천공기'와 마찬가지야.
방법 자체가 그렇게 어려운 기술은
아니기 때문에 너라면 남은 3개월 안에
충분히 습득할 수 있을 거야.

허리를…
튕긴다?

그리고 지금의
네 완력이라면 적어도 비슷한
체급에서는 누구든 순식간에
처박아버릴수 있을걸.

110

111

너도 참…

그렇게
입으면 안 더워?

그냥 우리끼리
술 한잔하러 가는 거잖아.
꼭 그렇게 갖춰 입어야겠어?

전 괜찮습니다.

그리고 요즘은
아침저녁으로
쌀쌀합니다.

그래.

가을이
다가오고 있지.

신나는
가을이 말이야.

지금은 전화를
받지 않습니다.

다음에 다시
걸어주시기 바랍니다.

으아아앗!!

?!

그나저나 너 진짜 괴물이구나.
진짜로 나를 넘겨버리네.

이젠 정말로 세상 누구든
자세만 제대로 잡으면
단숨에 처박아버릴 수 있겠어.

그 정돈 아니에요.
형이 기술을 받아준 덕분이죠.

아냐. 정말로
버틸 만큼 버텼어.

땀이 식으니까
곧바로 쌀쌀해지네.

곧
가을이니까요.

그래.
그 말은 곧…

예. 그 사람과
끝장을 볼 시간이
다가온 거죠.

힐끔

!

자신은 있겠지?
넌 이곳에 처음 올라왔을 때에
비해 육체적으로나 정신적으로나
몇 단계는 더 성장했으니까.

열심히는 하겠지만
솔직히 잘 모르겠어요.

그 사람과는 아주 잠깐 동안
가볍게 몇 수 주고받았을 뿐인데
그 힘의 끝을 가늠할 수 없을
정도였거든요.

지금껏 그런 느낌을 받은 건
도현이 형 외에는…

…

기껏해야 깡패 두목일 뿐인 사람을 전 세계 모든 파이터들의 정점에 섰던 정도현과 동일시하는 건 네 은인에 대한 모독일 뿐 아니라 스스로를 위해서도 좋지 않아.

예?

내가 중학교 2학년 때의 이야기야.
너도 알다시피 그땐 농구를 하고 있었지.

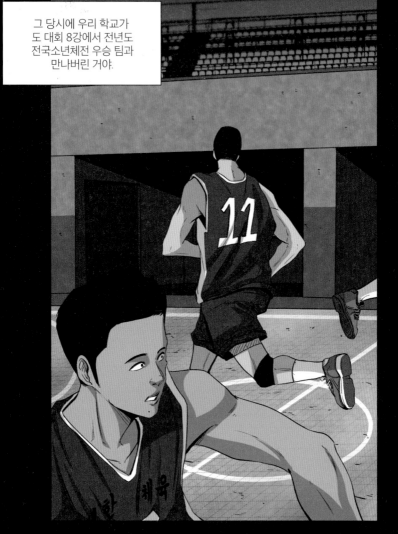

그 당시에 우리 학교가 도 대회 8강에서 전년도 전국소년체전 우승 팀과 만나버린 거야.

심지어 내가 전담해야 했던 상대 팀 센터는.

힐끔

꿀꺽...

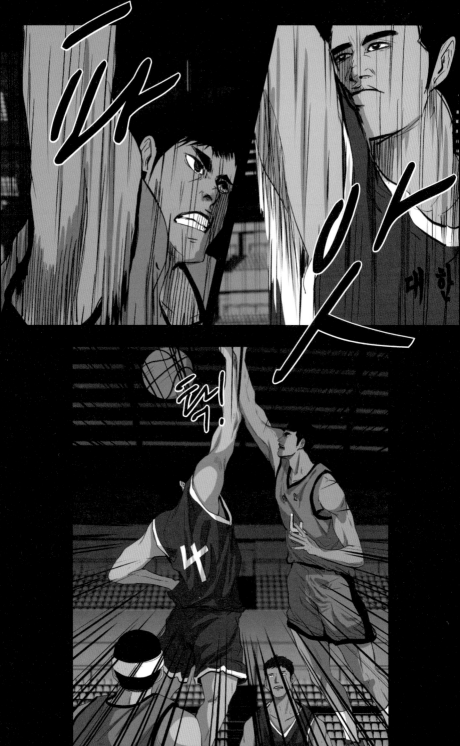

그 사람이 하는 사소한 플레이 하나하나가
특별해 보였고 마치 영원히 넘을 수 없는
거대한 벽처럼 느껴졌어.

뻑!!!

퍼스널 파울!
명인중 4번!

아 예.
죄송합니다.

…뭐지?

그럼에도 불구하고 맞대결에서
시종일관 밀렸던 거지.
왜일까?
답을 알아내기까지
그리 오랜 시간이 걸리지는 않았어.

뻑!!!

작전타임!
명인중!

잘했어.
상대 4번한테 이기란 말은
안 할 테니까 상황 봐서 적절하게
파울로 끊어.

예?

저 괴물 자식 완전히
묶는 건 애당초 무리니까
그렇게 해. 저놈 유일한
약점이 자유투니까.

138

저리 꺼져버려!!

어차피 이놈도 똑같은 사람일 뿐이야.

철썩···!!

꼭 그것 때문만은 아니야.

넌 학창 시절에 수년간 괴롭힘을 당했던 적이 있다고 했지? 왜 그랬을까?

그 당시에도 네 안에는 교도소의 제왕이 되고 다수의 조직폭력배들을 순식간에 쓰러뜨릴 수 있는 잠재력이 잠들어 있었을 텐데.

그야 당연히 그때 지금처럼 강도 높은 훈련을 하지 않았으니까…

너뿐만이 아니야. 배석찬 같은 특별한 케이스를 제외하면 대부분의 학교 폭력 가해자들은 폭행 경험만 풍부할 뿐

제대로 된 격투 경험은 거의 없는 쭉정이에 불과해. 실제 격투 능력은 지들이 괴롭히는 아이들과 별로 다를 것도 없단 말이야.

그런데도 때리는 놈은 늘 때리고 맞는 놈은 항상 일방적으로 맞기만 한다. 왜일까.

내가 이길 리가 없다고 생각하니까…

그래. 마음속 깊은 곳에서 스스로를 난쟁이로 만들고 상대를 괴물로 만들어버리기 때문이다.

마치 그 깡패 두목과의 싸움을 앞둔 지금의 너처럼 말이야.

아…

자만보다 위험한 게
주눅이야.

상대를
깔보는 거만한 자가
승리하는 경우는
가끔 봤지만

스스로를 깔보는
주눅 든 자가 승리하는 경우를,
적어도 나는 단 한 번도
본 적이 없어.

…!!

명심해. 넌 강하다.
네가 생각하는 것보다도
훨씬 더 강하다.

알겠지?

고마워요 형.

슥

그래, 그런 마음가짐으로
함께 산을 내려가는 거다.

예?
형도요?

마음은 정말로 고맙지만
이건 저와 현우용의
일대일 대결이에요.

형까지
엮이게 할 수는…

벌떡

쿠르릉···

···

진짜 이 은혜를
어떻게 갚아야 할지···

반대로 내게 곤란한 일이
생겼다면 너 또한 발 벗고
나섰을 거란 걸 알고 있다.

그거면 충분해.

고마워요.

내가 진짜 좋은 형들을
만나는 복 하나는
타고났다니까요.

네 주변에 좋은 사람이
모이는 건 네가 좋은
사람이라는 증거겠지.

꾸르릉···

또 가을비가
오려나 봐요.

톡···

톡···

우산은 챙겼어?

지금 챙겨.

정말 혼자서
괜찮겠니?

나 진짜로
다 나았다니까.

몇 달 전에도
완전히 나았다고
하다가…

잔소리는.

갔다 올게.

예. 시험 삼아
약 안 먹고 잠을 청해본 적이
있는데 꽤 잘 잤어요.

끄덕

그렇군요.

지난번
상담 이후로 공황 발작을
일으킨 적은 없고요?

아뇨.

아 맞다.

얼마 전에 딱 한 번
크게 놀랄 뻔한 적이
있긴 한데,

알고 보니까
오히려 좋은
일이었어요.

예?

선생님이
그러셨잖아요.

트라우마 극복을 위해
혼자서 동네 근처 가까운 곳을
산책해보는 것도 좋다고.

그래서
잠깐 외출했었는데…

저벅···
저벅···
저벅···
저벅···
저벅···
저벅···

얼른 들어가자.

하아···

···아직은
좀 힘들겠어.

아…
기억났어요.

휴….

다행이네요.

그땐
경황이 없어서 인사도
제대로 못 드렸네요.

그때 예상치 못했던
반가운 소식을 들었거든요.

오늘도 혼자 외출했는데
별문제 없었어요.

여러모로
경과는 좋네요.

유학에
지장은 없을까요?

환자분은 몇 달 전에도
99% 완쾌됐다는
판정을 받았다가 순식간에 상태가
심각해졌던 적이 있으니
앞으로도 꾸준히 관리 받고
조심하셔야 해요.

예.
이 정도면 거의
완쾌라고 봐도
무방하긴 한데…

무슨 말인지
아시죠?

예.

정신의학과 의원

화아아ー!

정가

뭐야, 저년
정신병자였어?

157

슈아아 _

그래도 학교 생활하는
데는 지장이 없겠네.

다행이다.

차박···

?!

이건?

호신용 스프레이에요.

혹시라도 지난번 같은 일이 생기거든 이걸 쓰세요.

이런 걸 왜 저한테?

실은 제가 예전에 우솔이한테 몹쓸 짓을 많이 했거든요.

지금은 그 녀석이 훨씬 강해져버렸는데도 나한테 형, 형 하면서 깍듯이 대해주는 게 고맙기도 하고 미안하기도 하고…

어떻게든 도움을 주고 싶은데…

보니까 두 사람 사이가 각별한 것 같아서.

후아 —

아…

뒤졌어.

안 돼,
금방 따라잡힐 거야!

누구에게든
도움을 청해야 하는데…

왜 아무도 없는 거야,
왜!!

쏴아아ー!!

쏴아...

쏴쏴...

쏴쏴쏴...

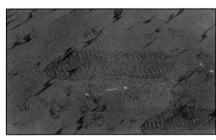

쏴
아
아

입금지
철거예정

웅비건설

그래, 전부 다.

멍청한 년.
지가 알아서 무덤 팔 자리까지
마련해주네.

나다.

우연찮게
좋은 자리 잡아놨다.

장소 찍어줄 테니까
이쪽으로 와.

하아···

하아···

하아···

하아···

하아···

뒤척···

뒤척···

부들···

부들···

꿀꺽···

침착해, 침착해,
제발 침착해.
이제 괜찮아. 괜찮아.

이겨낼 수 있어
윤지희!

하아···

하아···

덜덜덜···

죽었습니다.

당신의 위대한 용기는 길이 기억될 것입니다.

메뉴로 나가기

아놔 하드코어
모드였는데!!

발칵

칙!
칙!

그래도 소나기 덕분에
오랜만에 일도 쉬고 좋네.

?!

우웅—!
우웅—!

음?

우웅—!

이 사람이
왜…

예.

…저 좀 살려주세요.

무슨 일이에요?

그때 그 사람이 쫓아와요.

…너무 무서워요.

거기 어디예요?

○○동이긴 한데 정확히 어디인지는 나도 모르겠어요.

한참 동안 정신없이 뛰다가 이상한 상가 안으로 들어왔어요.

거기 사람 없어요?

일단 건물 안에 있는 사람들에게 도움을…

없어요! 철거 예정인 건물이라 아무도 없어요.

철거 예정이라고요?

다른 건 뭐 특별한 거 없어요?

아, 그러고 보니 표지판에 웅비건설이라고 쓰여 있었어요.

그럼 전화 끊자마자 경찰에도 신고해요.

…예.

그리고 경찰이나 내가 도착하기 전까지 지금 있는 곳에서 절대로 나오지 말고 꼭꼭 숨어 있어요.

어설프게 다른 곳으로 도망치려고 하면 더 위험해져요. 무슨 말인지 알겠죠?

그놈이 소리 들으면 곤란하니까 전화는 끊을게요. 휴대폰은 무조건 무음으로 해놓고 조금만 기다려요. 알겠죠?

예.

박시현이란 놈은 결코 혼자 움직이지 않아.

약쿨 쓰레기라기만.

다른 녀석들도 부르자.

지잉 ―!

지잉 ―!

지잉 ―!

아으…

지잉! ―!

끈벅…

스윽―

끈벅…

지잉 ―!

빡빡이

아오, 빡빡이 새끼.
보나마나 피시방에나
가자는 거겠지.

지잉! ―!

모처럼 쉬는 날인데
쌩까고 밀린 잠이나 자야겠다.

GG열.

뚝!

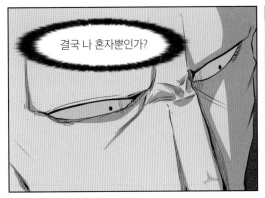

결국 나 혼자뿐인가?

스록 —

일단 단톡방에
사정을 적어놓고 혼자 가자.

지금쯤 그 아이가
경찰에 신고도 했을 테니까
어떻게든 될 거야.

톡···!

톡···!

치이익 —!!

후읍···!

181

쏴 아 아 ─ !!

출입금지
철거예정

벨소리 크기

무음

번호 추가

이제 경찰에
신고만 하면…

그런 의미에서
이건 당분간 내가
가지고 있을게.

히죽

히죽

반쩍!

!!

경찰에 알렸나요?

이것 봐라?
이미 고자질을 했네?

이름이… 이원준?
차우솔이 아니고?

그때
막판에 끼어들었던
세 놈 중 한 놈인가?

하긴, 당장 경찰에 알린 것만
아니라면 상관없잖아.
아니 오히려 잘된 일인가?

애초에 그 녀석들도
줄줄이 끌어들일
생각이었으니까.

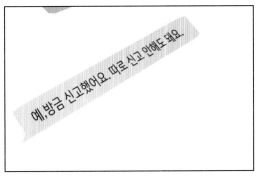

다행이다.

운이 좋으면
내가 도착하기도 전에
상황 마무리될 수도 있겠어.

택시!!

철컥!

일단 ○○동으로
가주세요.

뚜르르···

예, 작업반장님.
저 원준입니다.

다름이 아니라 뭣 좀 여쭤보려고요.
○○동에 웅비건설에서
철거 맡은 건물이 있나요?

191

어딜!!

?!

하아···

똑같은 수법이
또 통할 줄 알았어?

깔깔깔

아닌데?

오늘 여러모로 좆같네.

커 @%$ ㄴ이 ㅏㄹㅇ*#%ㄴ러…

부들…

부들…

바들ㅇㅇㅇ

바들…

…!

후우…

씨발!!

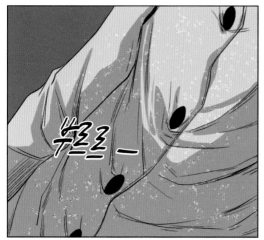

왜?

저희 도착했습니다.
어디로 갈까요.

1층 출입구
전부 틀어막아.

그리고 나머지는 기지배 찾아.
아직 이 안에 있으니까.

꾸아악!!

넌 진짜 편안히는
못 죽을 줄 알아라.

으득!

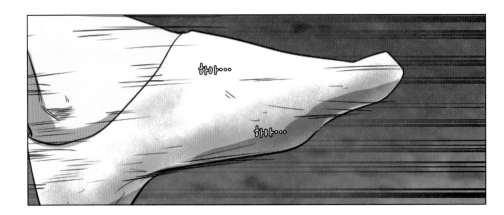

197

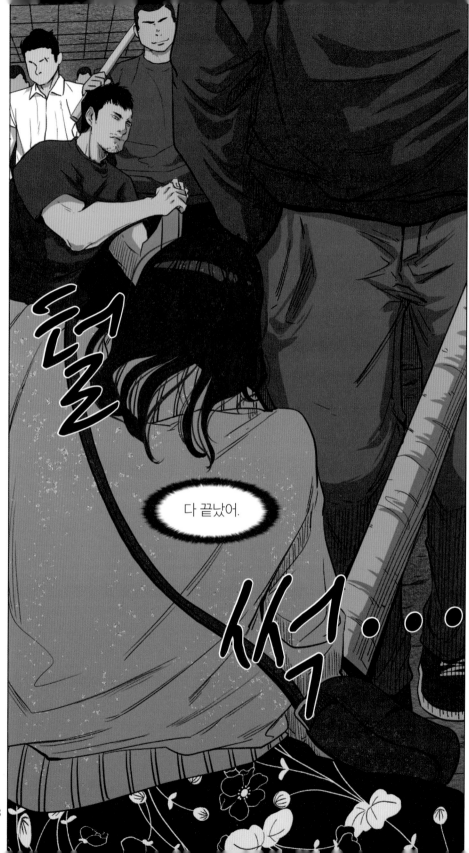

다 끝났어.

늘꾸...

늘꾸...

바글바글 몰려왔네.

!!

흠칫!!

제장!
그 사이에 잡혔네.

하지만 그 사이에
저 애가 무슨 험한 꼴을
당할 줄 알고?

으득⋯⋯!

어떡한다?
지금 당장 나 혼자 뛰어들어 봐야
완전무장한 저 인원은 감당 못 해.

⋯!!

당장 죽일 것 같지는
않을 것 같으니까
우선 상황을 지켜보다가
경찰이 오면⋯

아씨 아깝다.
내 타이밍인데.

⋯

ㅋㅋㅋ 너 그러다
첫날부터 빠따맞겠는데.

하아⋯⋯

하아⋯⋯

⋯!!

빠가죽!!

이런 씨⋯

특!

에라 모르겠다!

야이 개돼지
만도 못한 놈들아!!

꽈직꽈직...

꽈직꽈직...

?!

?···뭐여

저 빡빡이···

휙

뚜벅···

작작 좀 해라.

뚜벅···

너 뭐냐?

휙!

지워야지.

알겠습니다.

금방 내려갈 테니까
기지배는 아직 건드리지 마.
내가 먼저니까.

크크! 그럼 나중에는
건드려도 된다는
말이네요?

물론.
하고 싶은 건
미리미리 다 해놔야지.
일 끝나면 한동안 바깥 구경
못 할 수도 있는데.

아무렴요.

뚝

히죽

히죽

크크크!
민간인 납치에 특수 강간,
거기다가 살인이라…

이 정도면 우용이파를
통째로 날려버리기에
부족함이 없겠지.

너흰 나를
그런 식으로 대하면
안 되는 거였어.

어디 한번 다 같이
사이좋게 손잡고
좆 돼보자고.

207

집에서
게임이나 할 것이지!

크!!

컥!!

따!!
나 이원준이야,
이원준!

뻐럭!

…어린놈이
정말 잘 치는구나.

그런데
우린 말이다…

너하고는
마인드부터가 달라.

뭐?

씨발...

하아...

스윽...

어차피 곧 죽을 놈이
시시콜콜 다 알 필요는 없고.

치익...

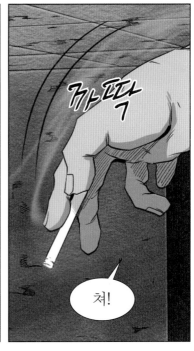

까딱

쳐!

214

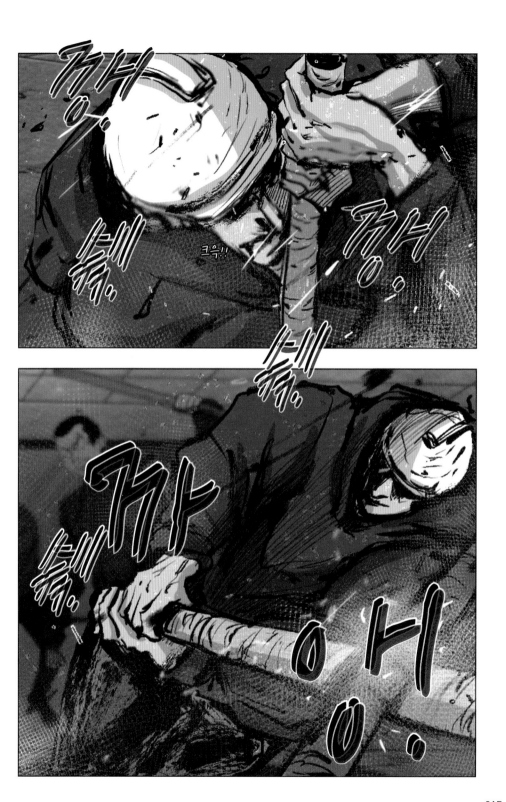

217

으윽…!!

하이바 안 썼으면
그대로 끝장이었어.

싸움이라면 누구 못지않게
많이 경험해봤다고 자부하는데
이 정도로 막 나가는 놈들은
진짜 살다 살다 처음 본다.

지금이다 죽여!!

219

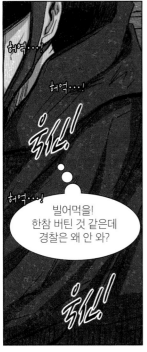

빌어먹을!
한참 버틴 것 같은데
경찰은 왜 안 와?

하여간에
공무원 놈의 새끼들,
예전에 나 잡으러 올 때는
엄청 빨리 오더니!

!!

허억...!

허억....!

허억....!

워후

대단한데?

가만. 그러고 보니까
굳이 이놈들을
다 쓰러뜨릴 필요는 없잖아.

그냥 저 아가씨
데리고 튀면 그만 아닌가?

부릉!!

우오오오오!!

꽈익.

떡... 떡마!!

빵!!

빵!!

우윽!!

빵!!

빠악!!!

우드득!!

끄아악!!

컥!

허억...!

허억...!

뛰어요!

!!

멈칫!

안 돼,
지금 상황에선
절대로 못 뚫어.

일단
시간을 벌자.

힐끔...

허억...!

휙!

이쪽으로!!

지금쯤이면
다 정리됐겠지.

슬슬 내려가서…

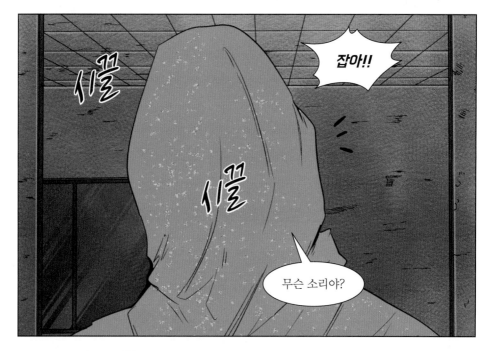

시끌

시끌

잡아!!

무슨 소리야?

?!

타타닥!!

타타닥!!

거기서!!

죽여버릴테다!!

음?

이건 또 뭔 일이야?

으득...

쿵...

쿵...

보기엔 허접해 보여도 최소한 경찰이 도착할 때까지는 버틸 겁니다.

허억…!

허억…!

하아…

이제 됐어요.

하아…

저기…

유물○○○

쭈물○○○

?

하아…

하아…

실은… 신고 못 했어요. 휴대폰을 빼앗겨서.

…아까는 신고했다면서요?

그 사람이 제 휴대폰 빼앗아서 대신 답장한 거예요.

…죄송해요.

괜, 괜찮아요.

쭈섬

쭈섬

지금이라도 내 폰으로 신고하면…

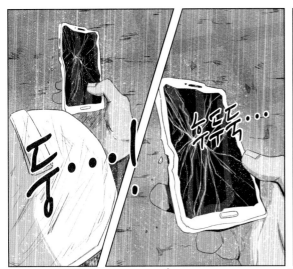

씨발, 아까
한 방 맞았었지.

콩!

콩!

콩!

콩!

콩!

콩!

열라고!
개십새끼들아!

씨발 문 열어!

다 죽었어!

하아...

하아...

…완전히 독 안에
든 쥐 신세잖아?

하아...

하아...

229

아오, 잘 잤다.

으드드!!

지금 몇 시야?

삐리리 ~

혼자 신나게 떠들었네.

아오, 이 빡빡이 새끼, 무슨 톡을 이렇게 많이 보냈어.

새끼 나 빼곤 친구도 없나.

하긴 그건 나도
마찬가지긴 하다만.

파식...

쿠르릉...

...어?

쾅

앙—!

뚜르르...

뚜르르...

전화기가 꺼져 있어 소리샘으로…

이런 미친!

쐈!

쾅!

쾅!

어, 어떡해요?

…결국 다 때려눕히는 수밖에 없는 건가.

건너갈 만한 옆 건물이 있는 것도 아니고 아래로 뛰어내리면 즉사.

더 이상 도망치거나 숨을 곳도 없다.

도움을 청할 방법도 없다.

후우 — !

그리고 참빛교도소 출신 차우솔.

내가 진짜 잘못했다고.

변명의 여지가 없는 큰 죄를 지었다고.

내가 쓰레기였다고.

나이 먹고 철든 뒤로 하루도 빠짐없이 후회하고 또 후회하면서 살았다고.

당장 가서 사과하는 게 맞지만 지금 내 꼬라지가 너무 쪽팔리기도 하고

…갑자기 무슨?

제가 예전에 돈 뺏고 때리고 유난히 심하게 괴롭혔던 사람들이에요.

…아직 시간이 많이 남아 있을 거라고 생각해서 직접 찾아가질 못했다고.

이원준이가 진심으로 사과한다고 대신 좀 전해줘요.

지금 무슨 생각하시는 거예요…

저기
구석으로 물러나 있어요.
시간 좀 걸릴 거니까.

이제 어디로
숨으시게?

숨긴 누가?
잠깐 숨 좀 돌렸을
뿐이거든.

나 이원준이야!

오호,
새끼 말본새 봐라.

배짱 하나는
두둑한 놈이네.
인정.

킥!

응,
배짱이 두둑하다 못해
넘쳐서 정도현한테 일대일로
덤빈 적이 있거든.

따귀 맞고
기절해본 적 있냐?

너희 같은 찌끄레기들은
한 트럭이 몰려와도
눈썹 하나 까딱 안 하지.

정도현?

이제 보니 배짱이 아니라 그냥 미친 거였구나.

깡패 새끼들과 그따진 개소리 안 해.

그거야 뭐 믿거나 말거나 알아서 하고.

다시 시작하기 전에 한 가지만 묻자.

우린 그저 싸움 한 번 한 사이일 뿐이다. 무슨 부모의 원수도 아니고 이렇게까지 하는 이유가 뭐냐?

그게 궁금해?

궁금하면 현우용 형님한테 물어봐.

그래.

고 새끼도 뒤졌어.

너희 싸그리 조진 후에 현우용이 멱살 잡고 물어봐야겠다.

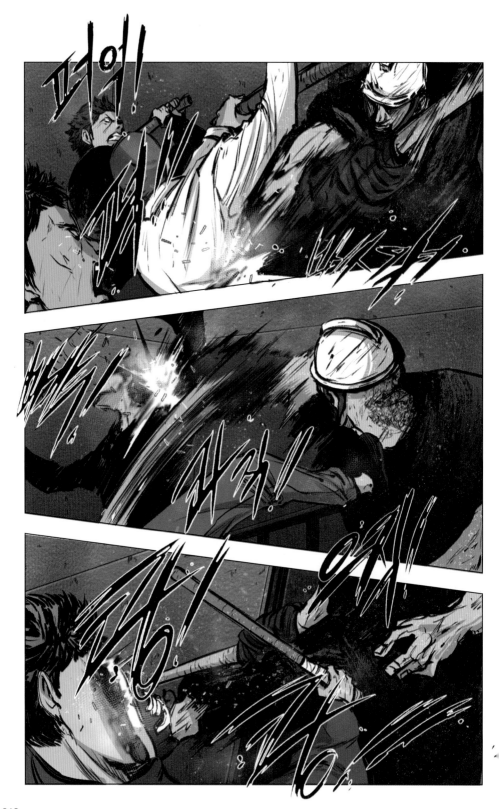

머릿수가 많다고
해도 좁은 입구 덕분에
실제로 덤벼들 수 있는 인원은
많아야 두어 명.

하아⋯

하아⋯

이 자리만 끝까지
지키면 승산이 있어.

하아⋯

하아

저놈은?

어휴, 등신들
저리 비켜봐!!

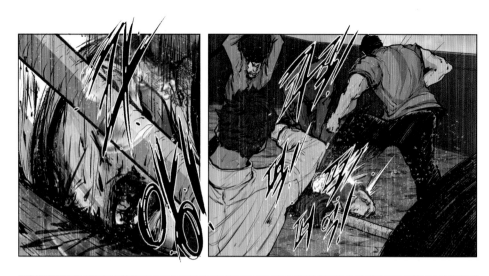

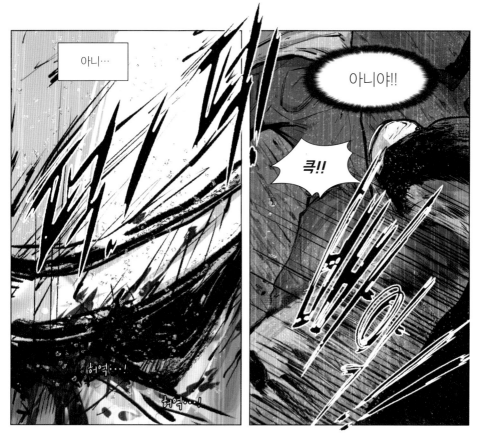

248

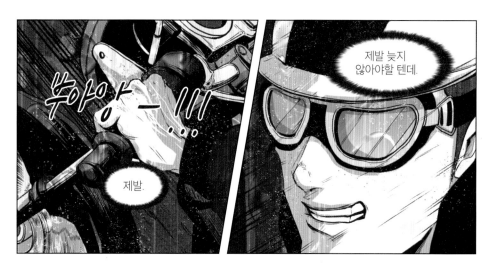

다 왔어.

허억!!

거의 다 왔어!

허억!!

…안 되겠어.

너무 설쳤어.
이제 그만 뻗어라!

?!

257

아…
아, 이 미친놈이 진짜.

지금…
빨리 도망…

하아…

하아…

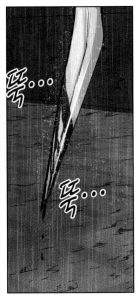

뚝…

뚝…

애당초
이럴 생각이긴 했지만
진짜로 찔러버렸다.

후우…

후우…

생각했던 것보다
훨씬…

별거 아니잖아?

활짝…

저, 저놈은?

구세주님
등장이시다!!

!!

이제 걱정 붙들어 매요.

오는 길에 경찰에 신고도 했으니까.

퍼석…

근데 저 빡빡이는 또 뻗어 있네. 아주 그냥 패배의 아이콘이야, 아이콘.

왜… 왜 이제 와요. 왜…

울컥

…?

울컥

이 오빠가… 나 지켜주려다가… 많이 다쳤단 말이에요.

너무나 많이…

…예?

그냥 좀 얻어맞고 뻗은 거 아니에요?

그럼 해보든가 등신아.

뚜벅...

뚜벅...

...

와 씨,
넌 나보다 먼저 들어온 놈이
아직도 이러고 있냐?

어휴

대체 밖에서
얼마나 큰 죄를 지은 거야?
토 나온다 토 나와.

빙방나죽!!

야, 넌 제과제빵반에서 대체 뭘 배운 거냐?

실습시간에 놀았냐?

졸라 맛없어!

아 돈 주고 사서 처먹으라고!

500원권 입니다. 촌년 새꺄!

뭐 500원권?! 미쳤나 양아치 새꺄!!

내놔!! 내놓으라고!!

이딴 걸 돈 주고 팔다니 빵에 다시 들어가고 싶냐?!

아 등신아! 몸빵캐가 지능을 찍으면 어떡해?

왜? 똑똑한 전사가 한 명쯤 있을 수도 있잖아.

이 빌어먹을 쓰글!!

네가 못 배워 처먹은 한을 왜 캐릭터한테 풀고 지랄이냐고 지랄이! 힘 찍어 힘!

286

뿌뿌긋이
오늘 제법이었다?

늘: 이제 소줄
묵시하지 마라.

···뒤끌쩌네
진짜.

이 정도면
뭐 나름대로 만족할 만한
결말 아니겠어.

당초 계획에서
좀 틀어지긴 했지만…

9권에서 계속

외전 4ROUND

What if vol. 3

씨발년놈들…

산아아ー

똑...

똑...

분하지만
녀석의 말이 맞다.

안 그래도 여기저기
부상이 심한데 팔 한쪽이
완전히 망가져버렸어.

칼칼칼!!
한 번은 운 좋게
막았다만 언제까지
그럴 수 있을까?

하아···

하아···

부들···

부들···

이 상태로는
저 녀석을 감당할 수 없어.

뭘 멍하니
서 있어요!

이 틈에
빨리 튀어요!!

아뇨.

츠윽...

…같이 싸워요.

풍

있어봐야 걸리적거리기만 하니까 빨리 가라고요!!

그래도… 혼자만 도망칠 순 없잖아요.

놀고들 있다.

그냥 둘 다 사이좋게
저승으로 보내줄게.

저놈이 어떻게?

저승에는…

?!

너 혼자 가!!

컥!!

한 번이면
섭하지!

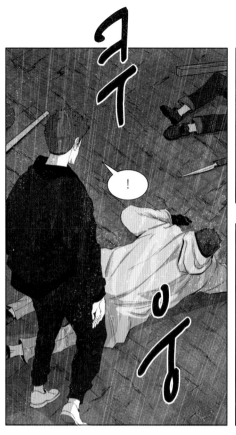

뭐야, 그새 칼까지 맞으셨네?

넌 어쩜 그렇게 매번 맞고 다니냐. 진짜 형 없으면 이 험한 세상 어찌 살려고 그래.

눈 삐었냐? 어르신 혼자 자빠드린 수많은 깍두기들이 안 보여?

하아···

헛소리 말고 얼른 휴대폰이나 꺼내봐. 신고해야 돼.

어?

이미 다 신고해놨지. 형 모르냐?

털썩!

하아...

그럼
구급차라도 좀 불러.

으신!

으신!

팔 떨어지겠다.

누우...

우르르 ─

빨리 빨리
안 타?

쏴아아 ─

똑바로 걸어.

뚝뚝...

약속은
잊지 않았겠지?

...

국민과 함께하는 서울경

그러니까 네 말은
이 모든 것을 지시한 건 현우용이고
여기 박시현이는 그 명령에 따라 현장을
지휘한 것뿐이다, 이 말이지?

…예.

믿기 어렵다.

현우용이가 골칫거리인 건 맞지만
지금까지의 행보를 생각해보면 나름대로 선을
잘 지키는 놈이었다.

최소한 살인은 안 해.
살인교사 동기도 너무
부실하고 말이야.

…슬쩍 좀 떠볼까?

그래, 네 말이
맞을 수도 있겠다.

그런데 혹시 모르니까
몇 가지 참고할 만한
이야기를 들려주마.

?

309

뭘 듣긴.
하루 만에 납치, 특수 상해, 기타 등등
셀 수 없이 많은 죄를 지은 놈들의
일방적인 주장을 들었지.

아마 현우용은
구속되지 않을 거다.

!!

하! 이게 다 그 양반이
지시한 일이라니까!

지금까지 뭘
들으신 겁니까?

죄지은 놈 말이라고
무조건 안 믿는 게
경찰입니까!

누가 뭐래도
오늘 '살인행위'는
벌어지지 않았으니까.

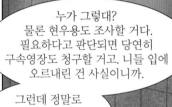

누가 그렇대?
물론 현우용도 조사할 거다.
필요하다고 판단되면 당연히
구속영장도 청구할 거고. 니들 입에
오르내린 건 사실이니까.

그런데 정말로
구속이 될지는
나도 잘 모르겠다.

...

으득!!

근거라고 해봐야
너희의 일방적인 주장뿐이고,
아 물론 내가 너희 말을
안 믿는다는 건 아냐.

그런데 살인미수하고
진짜 살인을 똑같이
다룰 수는 없잖아.
안 그래?

뭐 좋아, 어찌어찌
구속까진 시켰다고 치자.

하지만
곧 보석 청구할걸?

거기다가 능력 좋고
인맥 좋은 변호사도 구하겠지.

최소 부장판검사
출신일걸?

돈이야 워낙 많은 놈이니까
석방 보증금 아낌없이 묻고.
물론 진짜로 사람이 죽기라도 했다면 그딴 거
다 필요 없이 일단 무조건 구속에 최소한
1심 판결이 나올 때까진 나올 수 없겠지만
지금 상황이라면 십중팔구 현우용은 불구속
상태로 재판을 받는다.

…

즉, 현우용의 영향력은
고스란히 보존된다.

311

잠깐만!

지금 협박하는 겁니까!
경찰이란 사람이!!

에헤이.
협박이라니.

그러니까
아주아주 만약에라고
했잖아.

결국 법정에서 모든 진실이
밝혀질 기고 그 녀석은 모든
영향력을 잃고 한참 동안 푹 썩을 텐데
뭐가 걱정이야?

물론 방금 너희의 증언이
100% 사실이라는 가정 하에.

…

힐끔

내 이야기는
여기까지인데…

넌 혹시
더 할 말 있냐?

그게 실은…

!!

너 이 새끼!!

자리 옮길까?

피식…

며칠 후

쳇! 나도 같이 싸웠는데 왜 너한테만 주냐.

315

당신이
왜 여기에 나타나.

별뻑!

잠깐,
주먹부터 날리기 전에
내 이야기도 좀 듣지.

...?

조사를 받던 도중
자초지종을 알게 됐다.

아주 큰
오해가 있었더군.

뭐?

...이렇게 됐던 거다.
물론 믿고 안 믿고는
너희의 자유다.

뻐―엉

...

지금 우리가 당신을
믿어주느니 마느니
고민할 이유가 없다.

판단은
판사가 하겠지.

...새끼를 듣직하네.

아무튼 말 마쳤으면
이만 꺼져.

당신의 말이
다 사실이더라도 기분이
개 같은 건 변함없으니까.

아 물론
사라져줄 거야.

하지만
넌 나하고 볼일이 남았지?

…?!

며칠 전 사건과는
별도로 우리의 약속은
지켜야지?

저벅…

!!

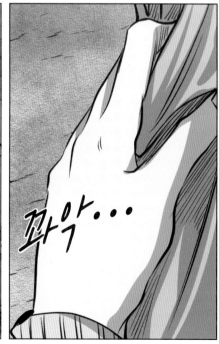

꽈악…

…괜찮아.

…

앞으로도 이래저래
조사 받을 일이 많다 보니
실전 대결을 하긴 좀 어렵고…

아쉽지만 일단은
여기에 만족하자고.

…

323

샤크 8

초판 1쇄 발행 2020년 2월 14일
초판 2쇄 발행 2022년 1월 28일

지은이 운 김우섭
펴낸이 김문식 최민석
총괄 임승규
편집 이수민 김소정 박소호
　　　 김재원 이혜미 조연수
표지디자인 손현주
편집디자인 이연서 김철
제작 제이오

펴낸곳 (주)해피북스투유
출판등록 2016년 12월 12일 제2016-000343호
주소 서울시 성북구 종암로 63, 5층 (종암동)
전화 02)336-1203
팩스 02)336-1209

ISBN 979-11-6479-083-8 (04810)
　　　 979-11-6479-079-1 (세트)